Ye

24752

ADIEUX
DU CAPTIF DE S^{TE} HÉLÈNE
A LA FRANCE.

Ipsa super volitans pullorum provocat alas.

AU
PRINCE LOUIS NAPOLÉON,

PRÉSIDENT DE LA RÉPUBLIQUE,

l'abbé JUJAT,

Professeur à l'institution de M. l'abbé JOLYCLERC,

(MONT-ROUGE).

PARIS. — IMPRIMERIE DE MOQUET,

RUE DE LA HARPE, 92.

1852

ADIEUX

DU CAPTIF DE S^{TE} HÉLÈNE

A LA FRANCE.

AU PRINCE

LOUIS NAPOLÉON,

PRÉSIDENT DE LA RÉPUBLIQUE,

l'abbé JUJAT,

Professeur à l'institution de M. l'abbé JOLYCLERC,

(MONT-ROUGE).

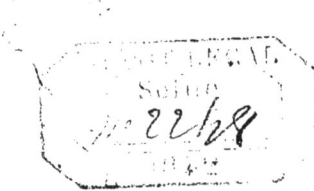

Ipsa super volitans pullorum provocat alas.

ADIEUX DU CAPTIF DE S^{TE} HÉLÈNE

A LA FRANCE.

Le héros dont le front, sacré par la victoire,
D'un éclat sans égal fait resplendir l'histoire,
Au sein de l'Océan, sur le rocher lointain
Où, d'un trône si haut, le jeta le destin,
Dans les tourments cruels d'une lente agonie,
Expiait tristement sa gloire et son génie.

Le trépas, qu'il avait tant de fois affronté
Sous le feu des boulets dont il fut respecté,
Prêt à fondre sur lui, de sa perfide haleine
Assiégeait les abords du roc de Sainte-Hélène,
Et, comme s'il eût craint de frapper au grand jour
Le captif qu'il veillait dans cet affreux séjour,
Il versait goutte à goutte, au fond de ses entrailles,
Le poison qui devait hâter ses funérailles.

L'Empereur cependant supportait sa douleur,
Sans courber son grand front sous le poids du malheur;
Le mal intérieur dont il sentait l'étreinte,
A peine sur ses traits dessinait son empreinte,
Tant son corps paraissait insensible au tourment,
Qui, fixé dans son cœur, le rongeait sourdement.
Mais dans ses derniers jours, un soir que sa pensée,
Pesait plus lourdement sur son âme oppressée,
Et semblait l'avertir de son prochain trépas,
Sur les bords de l'abîme il dirigea ses pas.

Le ciel était sans astre, une nuit de ténèbres
Enveloppait les flots de ses voiles funèbres.
Immobile et debout devant l'immensité,
De son brûlant regard sondant l'obscurité,
Comme s'il eût voulu, sentinelle attentive,
Surprendre les secrets de la vague plaintive,

Dans un profond silence, il écouta longtemps
La voix qui lui parlait dans la voix des Autans.
Les fibres de son âme à la fin tressaillirent
Et du fond de son cœur, ces paroles jaillirent :

Vaste gouffre des mers, voûte immense des cieux,
C'est à vous qu'en mourant j'adresse mes adieux ;
Mes adieux ! Car j'entends une voix inconnue,
Une voix qui me dit qu'enfin l'heure est venue.
Oui, le vent qui rugit autour de cet écueil,
Viendra dans quelques jours bercer dans son cercueil
L'homme si redouté, dont le pied solitaire
Fait trembler de si loin le sol de l'Angleterre.
Angleterre ! sur elle, à défaut de remord,
Pesera, lourd fardeau, la honte de ma mort !
Angleterre ! à ce nom a frémi tout mon être,
Et l'indignation dans mon âme pénètre.
Mais non, non, le mépris c'est assez; le mépris
Est de ses trahisons le seul et digne prix.

Quand, nouveau Thémistocle, au foyer britannique
Je suis allé m'asseoir, ta fureur tyrannique,
Refusant au malheur un asile attendu,
Ne m'a que par des fers lâchement répondu.
Va, tu peux t'applaudir de ta perfide rage ;
L'équitable avenir vengera mon outrage.

Mais toi, France, mais toi, que vas-tu devenir,
Toi que j'ai tant aimée, et dont le souvenir,
A ce suprême instant, fait tressaillir mon âme,
Et d'un reste de vie alimente la flamme ?

Hélas ! dans quel état tu t'offris à mes yeux,
Le jour où s'accomplit notre hymen glorieux !
La main des factions qui t'avaient dépouillée,
Jetait d'en bas l'insulte à ta face souillée.
D'impurs tribuns, gorgés du sang de tes enfants,
Te foulaient sans pudeur sous leurs pieds triomphants,
Et ton noble drapeau, dans sa haute fortune,
Inclinant sous le faix d'une gloire importune,
Commençait à languir. J'arrivais, je te vis,
Quoique voilé, ton front charma mes yeux ravis.
Indigné, je ceignis mon glaive, et la victoire
Vint planter sa bannière au seuil de mon prétoire.
Pendant plus de vingt ans, suivi de tes guerriers,
J'allai sous tous les cieux te chercher des lauriers,
Pendant plus de vingt ans, voulant te faire grande,
De vingt peuples soumis je t'apportai l'offrande.
Arcole, Marengo, Memphis, Vienne, Berlin,
Rome, Iéna, Wagram, Austerlitz, le Kremlin,
Pour couronner la tienne ont dépouillé leurs têtes.

Heureux de t'enrichir du fruit de mes conquêtes,

Si ma gloire n'eût pas rehaussé ta splendeur,
D'un œil indifférent j'aurais vu ma grandeur.
Et quand la trahison me renversa du trône,
Si j'avais à ton front pu léguer ma couronne,
Au coup qui me frappait soumis et résigné,
J'aurais bravé le sort qui m'était assigné.

Mais j'ai vu l'étranger, enrichi de nos pertes,
Inonder à longs flots tes campagnes désertes ;
Je l'ai vu, dans tes murs étalant son orgueil,
Injurier ton nom et blasphémer ton deuil ;
Je l'ai vu d'une main avide et forcenée
T'arracher les joyaux dont je t'avais ornée,
Et t'insulter après de son regard moqueur.
Voilà, voilà le trait qui déchire mon cœur !
Ah ! quel bras assez fort, s'armant pour ta défense,
Sur nos fiers ennemis vengera ton offense !

O toi qui m'as souri dans ton royal berceau,
Dont l'Europe, à genoux, environnait l'arceau,
Si ma gloire t'inflige une existence amère,
O mon fils, souviens-toi que la France est ta mère !
Souviens-toi que l'éclat qui s'attache à ton nom
De sa grandeur future est le brillant fanon.

Mais que vois-je ? sur lui plane un nuage sombre,
Et l'aile de la mort l'entoure de son ombre.

O destin rigoureux, ô prince infortuné,
Dans la fleur de tes ans à mourir condamné !
A peine sera-t-il au seuil de sa carrière,
Que du jour à ses yeux s'étendra la lumière.
O Ciel ! si le présent fût resté dans ses mains,
La France eût fait envie au reste des humains.
Quelle mâle vertu ! Quelle âme magnanime !
Quel courage est égal à celui qui l'anime !
Intrépide héros, dans le champ des combats,
Nul n'eût osé braver la valeur de son bras.
Oui, devant le trépas si tu peux trouver grâce,
Si tu peux échapper au sort qui te menace,
Tu sauveras la France ! Ah ! voilez vos lauriers,
Couvrez vos fronts de deuil, ô généreux guerriers,
Vous dont le cœur gémit de toutes mes alarmes,
Ah ! donnez à mon fils, donnez-lui quelques larmes !

Attéré, l'Empereur à ces mots s'arrêta,
En sourds gémissements sa douleur éclata,
Et comme un chêne altier battu par la tempête
Incline ses rameaux, il inclina sa tête.
Mais bientôt de son cœur traversant les sanglots,
Ces lugubres accents roulèrent sur les flots.

Enivre-toi de pleurs, malheureuse patrie,
Tes beaux jours sont passés, et ta gloire est flétrie !
Je vois, je vois pâlir ton soleil éclipsé
Et voler en éclat ton sceptre fracassé.

Si le glaive ennemi, si le sort des batailles,
A tes sacrés remparts ont fait quelques entailles,
Trop haute, ils ne pouvaient t'abattre sous leurs coups,
Et ta force bravait leur impuissant courroux.
Chaque fois que le vent courbe ta tête altière,
Ta vigueur se ranime en touchant la poussière.

Mais qui te défendra quand tes fils révoltés,
Et, levant contre toi leurs bras ensanglantés,
D'un parricide acier rouvrent tes meurtrissures
Et te font tous les jours de nouvelles blessures ?
Ni le temps, ni le sang n'ont conservé leurs droits ;
La terre du royaume a rejeté ses rois.
Des tribuns déhontés ont soufflé leur vertige
A la foule qu'égare un funeste prestige.
Tout chancelle, tout croule : un même coup mortel
Menace tes foyers, tes lois et ton autel.

Mais, efforts impuissants ! *Dieu protège la France !*
Oui, Dieu va t'affranchir de ta longue souffrance.
Je vois briller splendide, à l'horizon lointain,
L'étoile dont l'éclat m'annonça mon destin.
Au sillon radieux que trace sa lumière,
Un homme dont le bras fait flotter ma bannière

S'avance ; à son regard, à son noble maintien,

C'est lui, je le connais ! c'est mon sang, c'est le tien!

Salut, France, salut ! Puisqu'il faut que je tombe,

Tranquille sur ton sort, je descends dans la tombe.

Salut à toi, j'ai vu celui que j'attendais,

Et que pour ton bonheur au ciel je demandais !

A peine a-t-il paru, la discorde inhumaine

Qui, les pieds dans le sang, au grand jour se promène,

Regagne avec effroi son antre souterrain

Et frémit sous le poids de cent chaînes d'airain.

Accablé de tes maux, ses mains réparatrices

De ton sein mutilé ferment les cicatrices,

Et plein d'amour pour toi, jaloux de ta grandeur,

Il te fait resplendir de toute ta splendeur.

Les arts sur ton beau front, que la gloire environne,

Viennent tous, à sa voix, déposer leur couronne,

Ton peuple, dont son cœur ressent tous les besoins,

Devient surtout l'objet de ses plus tendres soins ;

Trop heureux si lui seul, souffrant de tes alarmes,

Il pouvait de tes yeux sécher toutes les larmes.

Bienfait plus grand encor ! ta gloire et ton appui,

La foi de tes aïeux va refleurir sous lui,

La foi de tes aïeux, dont se nourrit son âme,

Et dont tu le verras arborer l'oriflamme.

Voilà, France, voilà le don si précieux

Qu'après de longs malheurs te réservent les cieux ;

Mais bien longtemps avant que ce grand jour arrive,
Napoléon sera sur l'éternelle rive.
Puisse dans sa bonté, le maître souverain
Me recevoir là haut d'un front doux et serein !

L'Empereur se taisait, quand soudain la tempête
De ses noirs tourbillons enveloppe sa tête,
L'ouragan déchaîné s'agite dans les airs,
Et de son vol pesant bat les rochers déserts.
L'orageux Océan, que son souffle tourmente,
Se roule et vient mourir sur la grève écumante.
Le Captif dont ses flots ont retracé le sort,
Rentre dans sa prison pour attendre la mort.

Paris.—Imprimerie de Moquet, rue de la Harpe, 92.

www.ingramcontent.com/pod-product-compliance
Lightning Source LLC
Chambersburg PA
CBHW061734180626
46818CB00006B/2610